AF440293

LE
LOUP ET LE RENARD

INCITANT LE

PEUPLE DES ANIMAUX

A DEMANDER

LA RÉVISION DE SA CONSTITUTION.

APOLOGUE PAR JEAN GUÊTRÉ.

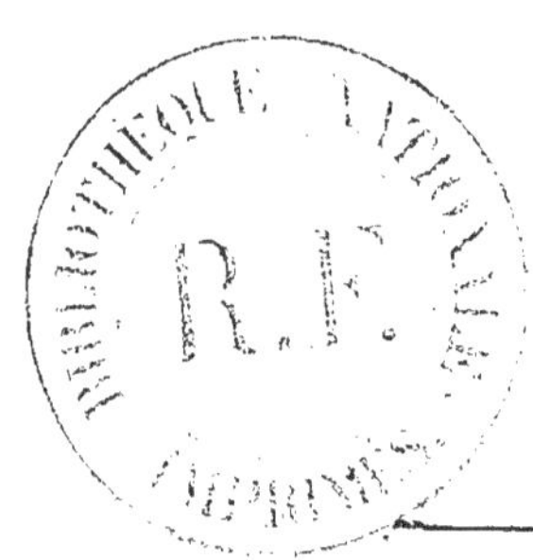

LONS-LE-SAUNIER,

IMPRIMERIE DE JOSEPH GRESSET.

1851.

AVANT-PROPOS DE L'ÉDITEUR.

Démocrates du Jura,

Nous avons voulu encore une fois vous adresser un dernier petit mot, de la façon de Jean Guêtré, dans ce moment suprême et solennel où *nous touchons tous*, comme dit le poëte, *à nos derniers instants.*

Oui, frères démocrates des campagnes et des villes, la fin du monde approche, elle est certaine, elle va apparaître.

— CAR LA RÉVISION DE LA CONSTITUTION N'AURA PAS LIEU, ni totalement ni partiellement. Je vous le dis en vérité et avec stupeur.

— Quoi, rien ne sera révisé, pas même l'article 45, qui ne veut pas que le Président actuel soit réélu en seconde présidence ? demandez-vous.

— Non, pas même l'article 45, et celui-là moins encore que d'autres, ai-je l'honneur de vous répondre.

Et voici le fait, en *peu de mots :*

Depuis longtemps les partis monarchistes, et vous savez qu'il y en a trois : Bonapartistes, Orléanistes et Henriquinquistes, se demandaient tous les matins : « Ah ça, mais si » on révisait cette Constitution ! » A quoi tous se répon- » daient mutuellement : » Mais oui, au fait, si on révisait » cette Constitution, ce ne serait pas de gloire, elle en a » assez bon besoin. »

Et puis on ne s'expliquait pas davantage pour le moment. Ce que voyant, les Républicains se disaient à eux-mêmes :

» Est-ce que par hasard les Monarchistes se seraient dé- » cidés à reconnaître leur erreur, et à confondre au ser- » vice de la République leurs pensées et leurs efforts avec » tout le monde, que les voilà d'accord sur la question si » délicate de la révision? Et préalablement à cette révision » qu'ils demandent de la Constitution, auraient-ils enfin » fait, d'accord entr'eux, la révision de leur propre tempé- » rament pour le changer de monarchiste en républicain ?

» Auraient-ils compris enfin que si pour manier la pâte il » faut être pâtissier, il ne faut pas moins, pour toucher » à la République, être Républicain ?

» Toute simple que soit la chose, cela nous étonnerait » bien un peu que leur intelligence se fût élevée jusque-là ; » nous sommes tout à leur disposition pour faire avec eux, » s'ils l'ont senti, une révision démocratique, du mieux » que nous le pourrions tous, et dans l'intérêt de tout le » monde, eux compris, puisqu'ils seraient devenus partie » de tout le monde. Mais voyons-les venir. »

Les choses en étaient là, quand voici que les partis mo- narchistes eurent enfin à s'expliquer dans les bureaux de l'Assemblée, puis plus tard dans le sein de la commission de révision sortie de ces bureaux

Le premier des trois qui prit la parole dit aux deux autres, sans même faire attention aux Républicains qui étaient là : » Ah ça , mes amis, nous sommes donc bien d'accord » qu'il faut réviser la Constitution ; vous savez que c'est une » chose entre nous arrêtée, dite et convenue, et presque faite » depuis longtemps.

— » Oui, dirent les deux autres.

— » Eh bien, cela étant, chers amis, j'ai préparé pour » vous éviter toute peine à ce sujet, et je vous apporte ici, » toute confectionnée, une petite révision qu'il n'y a plus » qu'à voter, sans même avoir besoin de l'installer, attendu » qu'elle marche déjà. »

Sur quoi le parti Bonapartiste sortit de sa poche une petite statuette de M. Louis Bonaparte, fort joliment travaillée, ma foi.

« Voilà ma révision, reprit-il, c'est la France qui me l'a » commandée; vous voyez que je l'ai faite en bronze ; c'est » pour qu'elle résiste le mieux possible à l'action du temps. » —Et maintenant, allons voter. »

Mais le parti Orléaniste demanda la parole.

« Chers amis, dit-il aux deux autres, il est vrai que nous » sommes convenus depuis longtemps de faire la révision, » et qu'on peut la regarder comme faite. Mais ce n'est « point dans le sens que vient de vous dire l'honorable » pré-révisant; ce que la France a commandé, ce n'est » point la révision qu'il vient de vous produire; il s'est » trompé en croyant entendre la voix de la France dans » les brailleries qui se font autour de lui : la France ne » beugle pas de cette façon. C'est moi, qui suis à Clare- » mont, parfaitement à portée d'entendre distinctement la

» voix de la France, qui vais vous dire la révision qu'elle
» demande ; la voici :

Là-dessus le parti Orléaniste tira de sa poche un groupe
de deux statuettes représentant la veuve et l'enfant du feu
duc d'Orléans.

Puis il reprit : » Vous voyez que ma révision est en
» stuc ; j'ai préféré cette matière aux métaux, parce que je
» sais de bonne source que les métaux se fondent facilement,
» à un jour donné, au creuset populaire. Or, je ne veux être
» exposé désormais à aucune espèce de fusion, ni popu-
» laire ni familiale ; j'ai dit. Et maintenant allons voter. »

Mais le 3ᵉ parti monarchiste eut alors la parole et s'exprima
en ces termes, en s'adressant aux deux autres :

» Chers petits amis, vous vous êtes trompés tous deux sur
» le vœu de la France ; et, dans le fait, vous étiez trop mal
» placés l'un et l'autre, pour pouvoir le bien recueillir ; vous,
» M. *Buonaparte*, par la raison des brailleries dont vous
» êtes assourdi, et dont vous a parlé mon cadet d'Orléans ;
» et toi, mon petit cadet, à cause de la mer qui te sépare
» de France, et dont le bruit des vagues t'empêche de bien
» discerner le cri qui se pousse à l'autre bord. Ce cri,
» mon ami, ce n'est pas vive le comte de Paris, mais vive
» le comte de Chambord ou le duc de Bordeaux, ou encore
» Henri V.

» Voici donc la révision que j'ai cru devoir formuler d'après
» ce vœu, par moi bien ouï, bien recueilli, et bien retenu
» depuis Viesbaden, où j'étais allé exprès pour bien enten-
» dre ; et la preuve que j'ai bien entendu et que j'ai bien
» le véritable vœu de la France, c'est que je le possède dans
» une bouteille où l'ont mis devant moi des ouvriers bas-
» bretons. »

Et là-dessus, le parti Henriquinquiste tira de sa poche
la statuette de Henri V, duc de Bordeaux, comte de Chambord, et de plus la bouteille dont il venait d'être question.

» Vérifiez la bouteille, Messieurs, reprit-il, vous verrez
» par son étiquette authentique qu'elle contient bien ce que
» j'annonce.

» Quant à ma révision, vous remarquerez qu'elle n'est
» ni en métal fusible, ni en stuc trop terne pour l'éclat
» de nos lys, mais en beau marbre, de la plus éclatante
» blancheur.

» Seulement, comme cette matière est un peu fragile,
» qu'ai-je fait? au lieu de composer ma révision à neuf et
» tout d'une pièce, je l'ai faite de pièces et de morceaux,
» avec tous mes débris de famille, depuis Charlemagne
» jusqu'à Charles X, et Dieu sait si la matière manquait ;
» et comme cela, ma révision est solide et on n'en verra pas
» le bout ; car, comme dit le proverbe, *rien ne passe moins*
» *que les ruines, rien ne s'use moins que les trous.* — Allons
» donc voter ma révision.

» Mais auparavant, mon petit cadet, dit-il en s'adres-
» sant spécialement au parti Orléaniste, toi qui ne veux,
» dis-tu, aucune espèce de fusion, tu n'en veux donc pas
» plus avec la République qu'avec moi? Eh bien, je t'aver-
» tis, mon gars, que tu prends par là une fort mauvaise
» position ; une aussi mauvaise position que M. Buonaparte
» avec qui tu n'en es pas plus ami pour autant ; et je t'a-
» vertis que si tu continues, tu auras, comme lui, l'avantage
» de disparaitre de la scène, sans qu'on sache seulement
» qui tu étais, ni ce que tu as voulu ; — tandis que moi,
» si j'achève de mourir, on sait au moins ce qui meurt en
» moi ; et j'aurai un enterrement, tandis que toi et lui,

» on vous poussera du pied à l'écart dans quelque coin,
» comme des objets informes et ne répondant à rien de
» connu dans le monde.

—» Te tairas-tu, momie, repartirent ensemble et furieux,
» chacun de leur côté, les deux partis monarchistes ainsi
» traités.

—» Taisez-vous vous-mêmes, répliqua l'autre, misérables
» petits avortons de toutes choses, qui n'êtes ni pour la
» République ni pour le droit divin, ni pour le suffrage ni
» pour l'autorité, ni pour le Christianisme royaliste ou
» Jésuitisme, ni pour le Christianisme démocratique ou
» évangéliste ; allez, vous n'êtes bons qu'à un endroit,
» c'est au râtelier. »

Les trois partis, à ce mot, allaient se prendre aux che-
veux, quand les républicains qui étaient là, riant sous cape,
les arrêtèrent et leur dirent :

« Doucement, estimables adversaires, vous nous êtes
» trop précieux les uns et les autres pour que nous vous
» permettions de vous entre-détruire tout-à-fait : conservez-
» vous encore un peu, nous vous en prions au nom de la
» République à qui vous avez été déjà si utiles ; car plus on
» vous voit, plus on l'aime.

» Quant à votre débat, Messieurs, il devient parfaite-
» ment, d'après son sujet, inutile de le prolonger : *il n'y*
» *aura pas de révision de la Constitution*, par la raison
» que voici :

» La Constitution est sans doute incorrecte, Messieurs,
» mais elle a un mérite intrinsèque dans sa matière que
» n'ont ni votre bronze, ni votre stuc, ni votre marbre ; elle
» est faite en souffle du peuple, en bon vouloir démocra-

» tique, en confiance au suffrage universel ; et il faut avoir
» de cette matière là pour retoucher à l'œuvre qui en est
» faite.

» Et puis, pour y retoucher, il faut encore d'abord avoir
» su se pénétrer d'amour pour l'œuvre que cette matière
» a déjà produite, c'est-à-dire pour notre Constitution ac-
» tuelle, ce que vous n'avez pas fait et ne pouvez plus
» faire.

» Et même avec ces conditions là, encore ne faudrait-il
» pas, quand on en sera là, dans une autre période de la
» République, retoucher à la Constitution à coup de massue
» comme vous l'entendriez, mais avec précaution, délicate-
» ment, en faisant un peu de bien d'une fois, un peu d'une
» autre, et toujours davantage à mesure qu'on avance.

» Cela demande du temps, nous en convenons, mais
» nous ne sommes pas pressés, l'avenir nous appartient :
» ne le soyez pas plus que nous ; nous croyons que par la
» Constitution même, telle qu'elle est, en voulant s'en servir
» et la servir, il y a encore assez de bien à faire pour occuper
» une période de quatre années. Essayez-en avec nous,
» Messieurs, et vous verrez que ça n'ira pas mal : — remettez
» donc provisoirement vos petites révisions dans vos poches;
» elles sentent la guerre civile, au point que vous avez dé-
» jà failli vous battre tout à l'heure entre vous; qu'eût-ce
» donc été si nous nous étions mis de la partie?

» Oui, Messieurs, rengainez vos petites révisions, et
» tâchez, avant que de songer à les reproduire jamais, de
» réviser d'abord vos esprits, dont la fausseté paralyse chez
» vous le cœur.

» C'est là, Messieurs, la révision qui presse le plus,

» et en vous séparant pour l'aller méditer, chacun de votre
» côté, quand viendra la fin de la législature, retirez-vous
» par des chemins différents, de peur de vous reprendre de
» querelle en route. »

Telle est en raccourci, Républicains des campagnes, l'histoire jusqu'ici de la révision monarchiste dont nous vous félicitons d'avoir si bien su éviter le piège dans le Jura ; et ce début de la révision sera aussi sa fin, car de sa part, vouloir finir autrement, ce serait vouloir faire non de la révision, mais de la révolution ; non de la loi, mais de l'insurrection.

Or, nous voulons croire que les Monarchistes en France sont encore Français avant que d'être Monarchistes.

Et c'est parce que nous avons cette opinion d'eux que nous ne désespérons pas de les voir se borner à se voiler la face en criant à l'abomination de la désolation et prédisant la fin du monde, quand dans peu de temps ils enterreront leur révision ; ce qui ne les empêchera pas de vivre encore assez doucement et commodément plus tard sous l'abri qu'ils auront voulu renverser ; — et qui sait même, s'ils n'en reviendront pas, oubliant leur profond chagrin, à crier encore quelque jour plus haut, même que nous ne le faisons en ce moment : *Vive la République et la Constitution !*

On en aurait déjà bien autant vu !...

H. MAUBERT.

LE
LOUP ET LE RENARD

RÉVISIONNISTES.

Las de souffrir sans trève, un peuple d'animaux,
De ceux que leur faiblesse expose à tous les maux,
Anes, chèvres, moutons, très utile racaille,
Lapins, poules, canards, et toute la volaille,
Puis les chiens travailleurs, les petits et les gros,
     Tous, pour mettre à l'abri leurs os
Des dents des animaux de la vorace espèce,
Étaient en République entrés avec sagesse.
     Ils vivaient dedans leur cité
     Pour le travail et l'équité.
On avait fait un pacte et commis les affaires
     Au nombre d'élus populaires
Qu'avait fixé la loi; l'on avait, pour gardiens
Du bien public, tâché d'élire de bons chiens;
     Mais les mauvais, avec adresse,
Ayant dissimulé leurs vices, leur paresse,
Et montré pour le peuple une grande tendresse,
Au conseil, il s'était glissé force mâtins
     Qui, de leur mieux, entravaient les destins

De la République naissante.
Une faute très malséante
Avait été faite surtout,
C'est qu'on avait élu Président un chien-loup
A cause de son oncle, autrefois fort bon drille,
S'il n'avait fait que rosser la famille
Des loups, sans devenir loup lui-même à son tour.
Mais cette faute enfin cesserait à tel jour,
La loi l'ayant ainsi statué sans détour;
De façon qu'au total, la brave République
Vivait, sinon dans un bonheur pratique,
Du moins dans l'espoir assuré
De voir son sort bientôt fort amélioré.
Or mais, ceci ne faisait pas l'affaire
Des loups ni des renards, qui n'avaient guère à faire
Depuis que poules et moutons
S'étaient mis à couvert de leurs exploits gloutons.
Aussi de ces bêtes voraces,
Un couple rôdant affamé
Auprès de la Bétail-cité,
Faisait, en la lorgnant, de piteuses grimaces.
Eux qui ne vivaient plus, hélas, que de limaces,
Ils entendaient veaux et moutons,
Poules, canards, coqs et dindons,
Aller, venir dedans leur forteresse,
Tout ce bétail bêler, glapir, glousser,
Chanter, s'ébattre, se pousser
Et témoigner son allégresse.
Lors contenant l'âcre fureur
Qu'ils se sentaient dedans l'humeur,

Nos deux vauriens, se donnant contenance,
S'en vinrent au guichet demander audience.
De part et d'autre, alors sur pieds on se dressa,
    Et puis, voici ce qu'au bétail dirent
    Nos carnassiers (ce fut le Renard qui parla) :

» A quoi bon, chers amis, ces obstacles que mirent
» De farouches gardiens, nos communs ennemis,
    » Aux doux rapports qu'avec vous, comme amis,
» Nous avons tant besoin d'avoir à tout moment
      » Pour le bien de votre défense?
» C'est à l'ambition des démocs, sotte engeance,
      » Que vous devez tout ce tourment
» D'ombrages qu'ils vous font de nous bien vainement ;
» A quoi bon, s'il vous plait, toutes ces palissades ,
      » Ces sûretés, ces verrouillades,
      » Et ces aboyeurs citoyens,
» Vous gardant jour et nuit, fort bien nommés des chiens?
      » Est-ce un régime supportable
    » Que celui qui de tels soins vous accable?
» Eh non ! revenons donc aux usages anciens ,
      » A ce doux état de nature,
    » Où vous livrant sans crainte à la pâture,
» Votre innocence et nous étions vos seuls gardiens.
» On vous a là vraiment fait un bien triste pacte
      » Que cette Constitution
    » Qui vous régit; révisons donc cet acte,
» Pour cela recourez à la pétition ;
      » Au conseil adressez vos vœux ;
    » En ce moment il est en assemblée;

» Nous y comptons des partisans nombreux

» Qui vous soutiendront tout d'emblée.

» Légalement, peut-être, ils ne suffiraient pas,

» Mais nous verrons alors à venir aux débats ;

» Car il nous faut sortir de là, coûte que coûte.

» Nous ne pouvons, mon camarade et moi,

» Vous voir ainsi lotis sans un pénible émoi ;

» Nous en avons pleuré tout le long de la route ;

» Des traces de nos douleurs

» Existent même sur l'adresse à l'Assemblée

» Qu'ici nous vous passons, encor toute mouillée.

» Avant de la signer, essuyez-en nos pleurs. »

Ce discours du renard séduisit quelques âmes

De moutons, de coqs-d'Inde, et surtout de leurs dames,

Qui, sur la foi d'un saint bélier lainé de noir,

Qu'en secret elles furent voir,

A la signature poussèrent :

Elles-mêmes, dit-on, signèrent

Pour faire nombre, et partout envoyèrent,

Par des dindons de leurs amis

Qui leur servirent de commis,

Recruter des signants ; la sixième partie

Environ de la bergerie

A signer ainsi s'adonna,

Et puis, par le guichet, la pièce on redonna

Au couple à ventre creux, qui vite la porta

A son adresse,

En pleurant tout de bon, cette fois, de tendresse

Sur tout ce gras troupeau qu'il crut tenir déjà.

Mais les bons chiens, qui savaient de la veille

Que le couple affamé de là n'était pas loin ,
À ce petit manège avaient l'œil et l'oreille
    Et se tenaient prêts, au premier besoin ,
    S'il se tentait quelque escalade ...
Ou quelque embûche, à faire agir leurs crocs ,
Et, de la République armant tous les démocs,
    A renvoyer le couple un peu malade.

    En telle disposition,
    Que devint la pétition ?
L'histoire jusqu'ici point ne nous le révèle;
Mais l'an cinquante-deux en verra la nouvelle.
    Ma fable alors se finira ,
    Et sa morale on connaîtra.

                        Jean GUÊTRÉ.

NOTA.

Si nous demandons aux démocrates le prix de revient de cette petite brochure, c'est pour en faire bénéficier un ouvrier jurassien, père d'une nombreuse famille, ACQUITTÉ POLITIQUE des dernières assises, mais qui n'en doit pas moins prélever sur son travail CENT FRANCS environ de faux frais qu'il a eu à faire pour ses témoins et son déplacement, sans compter le travail perdu.

Car c'est un vice de notre législation pénale qui subsiste encore, en dépit des critiques des meilleurs criminalistes, que le prévenu acquitté ait à supporter ses propres frais.

Le citoyen en question était accusé d'avoir crié : *Vive la République démocratique et sociale.* Il doit pouvoir dire au moins aujourd'hui : *Vive la République démocratique et...* qui dispensera les acquittés de payer leurs frais.